KB112215

시즌 3

노곤하개 8

홍끼 글·그림

ViaBook Publisher

랜선집사 모두 모이개!

반려동물을 키우는 건 굉장히 힘든 일입니다.

힘들고, 힘들고, 또 힘들어요.

매일같이 산책과 청소를 하고, 배설물을 치우고, 털을 빗겨주고,

밥은 물론, 간식도 잘 챙겨줘야 하고 시간을 내서 놀아줘야 하죠.

병원비는 어찌 그리도 많이 나오는지,

항상 영수증을 받고 깜짝 놀라곤 합니다.

많은 집사들은 이 말에 공감하고 계실 거예요.

반려동물은 사람과 같이 감정을 느끼고 나타내죠.

혼자 있으면 외로워하고, 집사가 놀아주지 않는다면 서운해해요.

그래서 언제나 내버려두지 않고, 같이 놀고 쉬고 모든 걸 공유해요.

그렇지만 언제나 반려동물과 함께하고 싶은 사람들도

반려동물을 선뜻 데려오지 못합니다.

생명을 책임진다는 건 너무 무거운 일이고
기를 수 있는 환경, 가족의 동의, 경제적 여유로움 등
너무 많은 것들을 따져봐야 하기 때문이죠.

맞아요. 반려동물 키우지 마세요, 너무 힘들어요.
그렇지만 '랜선집사'가 되는 건
여러분도 할 수 있어요!
재구, 홍구 그리고 줍줍, 욘두, 매미의 랜선집사가 되어주실 분들께
이 책을 바칩니다.

2020년 4월

멍냥집사 홍끼

차례

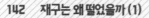

멍냥이와 반신욕

나는 매일 산책 가기, 밥 먹기 그리고 취침 시간 이외의 모든 시간을 거의 작업에 쓰고 있는데

그런 생활이 지속되면 어딘가에 골병이 든다.

목이…! 허리가!!!

탈탈

골반이!!!

오늘은 집사의 반신욕을 구경하는
멍냥이들의 반응에 대하여 알아보자!

구들은 내가
반신욕을 하고 있으면

정말 딱 이 표정으로 쳐다본다.

......

미쳤습니까 휴먼?

삐빙...

삶이 힘들었던 것이개?

니들이 이 맛을 알어~?

뒤통수에 충격이 가해진다.

그렇게 가만히 반신욕을 즐기다 보면

아!

홍줍줍이지!

왜 굳이 반신욕하는 집사 뒤까지
몰래 따라와서 뒤통수를 갈기는 걸까.

줍줍과 같이 살기 2년 차
아직까지 해결하지 못한 의문이다.

고양이에게 배방구를
함부로 하지 맙시다.

애… 애앵…!

왜앵~! 왜앵이?
(왜 그랬어?라는 뜻)

폴

짝

귀엽군.

어느 날은 콕이가
삐용이를 두고 갔는데

삐용아 데이트
하고 와~

욕실에 들어온 삐용이는

삐이~ 용!

그만 와…

11

삐용!!! 삐이요오옹!! 삐애애애애애앵

삐애애애애애요오오오!!! 삐애오오오오오옹!!!!! 삥애애애!!!

삐용이에 대한 호감도가 +1 올라갔다.

비행기~

새로운 별인가욘

이 녀석 나를 그렇게까지 걱정해주고…!

그리고 삐용이가 사고 쳐서 다시 호감도 내려감.

아 캣색이…

우당탕!!

쾅쾅!!!!!

욕실에서 바라본 풍경.

고양이는 목욕을 하지 않아도 그루밍으로 자기의 몸을
깨끗하게 단장한답니다. 실내에서만 생활하는 고양이는
특별하게 더러워지지 않았다면 목욕을 자주 할 필요가 없어요.

줍줍이와
고양이 마당

뜨끈…

고록..

고로록…

뜨끈줍…

줍줍이는 전기담요에서
눈을 뜨는 것으로
하루를 시작한다.

흐아아아암…!

52 집사,
일어나라.

애얠~ 까옹~

툭툭

그렇게 나를 깨운 줍줍이는
자꾸 뭔가를 보채는데

왜 줍줍아
밥 없어?

애앰꺍깍꽁

Z z

잘럭

어우
넘어지겠네 진짜!

와까꽁~

진좍

이럴 때만
엄청 말 많다.

고양이 마당 앞쪽을
지나칠 때쯤 딱 멈춰서

문 열어주라냥!

까꽁~

아 또 그거냐.

마당에서 벌레도 잡고

가필드와 서로 디스전.

욘두도 불러서
함께 논다.

욘두는 줍줍이만큼
마당을 좋아하지는 않음

ㄱㄹㄹㄹㄱ

ㄱㄹㄹㄱ

집냥 출신은 역시
집이 더 좋습니다욘!

그러던 어느 날

집의 환기를 위해 고양이 마당
창문을 열었는데

우왓 여보 이거 봐요
왕거미줄!

오 방충망
두 겹이네.

그렇게 생각하고
며칠 놔뒀는데

어느 날 다시 한번
창문을 열어보니

여보여보여보여보여보!!!

왜왜!

거미줄에 한 300마리쯤
돼 보이는 날파리가
붙어 있었다.

(순화시켜봄)

여보가 방충망으로 남겨놓은
보람이 있다 그쵸?

아니요 별로;

그런데 다시 보니
날파리가 거미줄 위를
걸어다니고 있는 것이다.

이상한데…!

스멀~

스멀~

거미가 알 깐 거였음

으아아으아아아아아악

그 순간 줍줍이가 뒤에서
그 모습을 지켜보고야 말았고

까까까깍까

서둘러 창문을
닫아버렸지만

잠시 후 창문을 다시 열어보니
아무것도 남아 있지 않았다.

아무 일도 없었다.

무슨 짓을
한 거야…

마당이 좋은 줍줍이.

줍줍이는 사냥을 정말 좋아해요!

고오급 입맛

멍냥이들을 키우면서
계속 느끼게 되는 점은

좀 어?
좀 먹어라 그냥.

이놈들 식성 진짜
까다롭다는 것이다.

너나 먹개.

그래서 내가
특식을 만들었지!

햐 이런 집사가 또 어딨냐
일로 와서 좀 먹어봐!

호다다닥

야 그렇게까지
도망갈 일이냐!!!

6년의 동거로 다져진
끈끈한 우정…!

뿌뿌
뿌뿌

터럭도 갈라놓지
못한 사랑…!

그렇지만 내가 주는 건
일단 의심부터 하고 본다.

어째섯…!!!!!

여기서 괜히 오해할까 봐
말하는 거지만 작가는
요리 잘한다 진짜임.

너무해

개놈들

이거 그냥 고구마랑…
닭가슴살 뭉친 거야…
맛있는 건데 왜 안 먹을까?

이럴 땐 평소에 잘 먹던
간식을 준비하고

착!

착!

손, 왼손, 오른손
앉아 엎드려!

좋아 잘했어, 아~

딱히 먹고 싶지 않았지만
그렇다고 자기 간식 재구
주기 싫었던 홍구는

억지로 홈메이드 간식을
먹고 말았다.

햐 이 개늠 자식
다 흘리는 거 봐라.

고양이 밥그릇

그리고 유난히
식성 까다로운 녀석이
한 놈 더 있는데

간식 안 먹는 거
누구야?!

그런 건 스트릿캣 출신들이나 먹는 거 아니겠습니까욘.

집캣은 사료를 먹습니다욘.

실제로 스트릿캣 출신인 줍줍이와 먐미 그리고 삐용이는

냠

냠

냠

아무거나 다 잘 먹는다.

하지만 삐용이 다음으로 살찐 건 욘두다.

어째서욘!!!!!!!

간식 먹기 싫었지만
재구 주기 싫은 홍구.

홍구 : 아무튼 안 줄 거임.

구들은 홈메이드 간식은 싫어하지만
인간이 먹는 간식은 호시탐탐
눈치를 보며 기회를 노린다.

한입만 주시개!

탁

엇!!!

3초 안에
주워 먹으면
괜찮다.

쩝

쩝

개 같네…

강아지는 단맛을 좋아해서 사람이 먹는 과자를 먹고 싶어
할 수 있어요. 몸에 좋지 않으니 먹지 못하게 주의해주세요.

베스트 떨떨이

명냥이들은
정말 잘 떤다.

그 떨림의 포인트를 알아보고 나면
너무 하잘것없다는 게
오늘의 이야기다.

우리 집의 최고
겁쟁이는 욘두인데

내가 아니개?!

2019 떨떨상

욘두야말로 정말 별거
아닌 일로도 떤다.

욘두가 떠는 이유 [1]
집사가 패딩을 입었다.

?????

와우우오와웅오~

야 추운데 패딩도
입지 말라는 거냐!

(덩치가 커져서
무서워하는 것 같다)

욘두가 떠는 이유 [2]
집사가 네발로 걸었다.

오오오오오오~~~

야 너도
네발로 걷잖아!

윤두가 떠는 이유 [3]
화장실에서 집사가 나를 들었다.

와들와들
와들와들!!!

아냐 안 씻겨~
너 나가라고.

집에 모르는 사람이
왔을 때도 와들와들 떤다.

뭐야 무서워욘…
왜 왔나욘…

(떨면서도 구경은 또 한다)

두 번째 겁쟁이는 홍구다.

우당탕탕

천둥 아닌데?
공사 중인데?

그래도 무섭개.

홍구의 떨림 포인트 [1]
천둥 비슷한 소리

비 오개
천둥 칠 거개.

홍구의 떨림 포인트 [2]
천둥 칠지도 모름

아냐 이 정도로는
안 쳐!

덜덜덜덜덜덜

그리고 길을 가다가
어떤 조형물을 만나면

남자!

더러더러러러더럴럴!!!

내가 안 무섭다고 해서
함부로 들고 옮기면 안 된다.

덜덜

덜

여기 지나가야
되는데~

@#$%%!!!!

야 홍구야
잠깐만!!!

......

지렸어…
젠장.

사실 제일 잘
지리는 건 재구다.

수치

재구만 특별하게 지림 포인트를
설명해보도록 하자.

나 왔어…

재구의 지림 포인트 [1]
집사가 우산을 썼는데
얼굴이 안 보인다.

월월월!
월월멍뭘!

젠장… 지렸군.

재구의 지림 포인트 [2]
커다란 초식동물을 만났다.

퐈바박퐈바바박

자릿!

너어 정말
덩칫값 못 한다.

재구의 마지막 지림 포인트는
집사도 정말 이해할 수 없다.

요즘 날이 추워져서
꼬막맹이들이 집에
들어와 있는데

으르르릉…

재구는 꼬막맹이들이 너무
떠들어서 기분이 나빴나 보다.

왕망망망!! 왕망망!

멍청이 재구…

줍줍이는 안 떤다.

왜냐면 줍줍이는 짱 세니까.

사람과 같이 생활하는 강아지들은 누군가를 구분할 때
후각보다 시각을 더 많이 사용하게 된다고 해요.

수의사 꿀팁

강아지는
왜 천둥을 무서워하나요

강아지는 사람보다 훨씬 소리에 민감합니다.

천둥 소리에 강아지들이 놀라는 것을 전광공포증(Astraphobia)이라고 합니다.

공포증이 심하면 침대나 의자 밑에 숨고 물건을 부수고

대소변을 지리는 등의 증상을 보입니다.

짖거나 땅을 파는 행동을 하고 심하게 헐떡이기도 합니다.

불안 증상을 해소시키기 위해서는 둔감화(Desensitization)와

반대조건부여(Counter-Conditioning) 등의 방법을 쓸 수 있습니다.

둔감화는 공포를 유발하는 자극에 반복적으로 노출시킴으로써

자극에 둔감해지도록 만드는 방법입니다.

이때는 공포감을 느끼지 않을 정도의 낮은 강도로 진행합니다.

반대조건부여는 불안한 상황에서 긍정적인 행동을 실행하는 훈련입니다.

평소에 '앉아'나 '멈춰' 같은 훈련을 보상과 함께 진행하면

강아지가 공포감을 느끼거나 불안한 상태일 때

평소처럼 보상 훈련을 실행함으로써 불안감을 완화시킬 수 있습니다.

이러한 방법으로 해결되지 않으면 행동전문가의 도움을 받거나

약물치료를 병행하는 등의 조치를 취해야 합니다.

또한 절대 공포나 불안 증상을 이유로 벌을 주어서는 안 됩니다.

구들과 입양 (1)

약 6년 전 내가 구들을
처음 입양할 때는

강아지에 대한 지식이
거의 없는 상태였다.

외·내부 구충이
어떻게 이루어져야
하는지도

강아지들을 어떻게 교육해야 하는지,
주의해야 할 질병들은 어떤 것들이 있는지.

내가 준비했던 건 그저 "어떻게든 잘 키워볼 거야" 라는 생각과

강아지를 키우고 싶다는 마음뿐이었다.

어미를 잃은 들개 새끼였던 구들을 입양받기로 했던 그날 할머니가 말했다.

강생이 돌앙오는 건 얼마나 주젠 햄서?

(강아지 데려오는 건 돈을 얼마나 주기로 했니?)

무료 분양이라고 그랬는데?

나는 무료 분양이라고 하면 할머니가 더 좋아할 거라고 생각했지만

돈 조금이라도 쥐어동 돌앙오질 안 허믄 강생이가 시름시름 아또매!

(돈을 조금이라도 쥐어드리고 강아지를 데려오지 않으면 강아지가 시름시름 아플 거야!)

…!

할머니는 강아지도 자기가 어떤 가치를 가지고 이 집에 오는지 알게 되는 거라고 했다.

공짜로 데려온 강아지는 자신의 가치를 낮춰 보고 시름시름 아프게 된다고.

괜찮습니다 잘만 키워주세요.

나는 부랴부랴 집에 있던 현금을 찾아 5만 원을 봉투에 담아 건넸지만

… 니들 가치 없는
강아지 아니야.

뭔 소리개.

그리고 아주 당연하게도
"잘 키워줘야"하는 마음으로는
강아지를 잘 키울 수 없었다.

재구는 첫날 우리 집에 오자마자
풀밭에서 지네에 물렸고

깨갱깨갱깨애앵

인터넷 검색은
도움이 되지 않았다.

강아지 지네 물리면 어떻게 해야 하나요?

지들은 지네 물리면 죽을 수 있음

강아지 우리 집에 온 첫날인데
잘못되면 어떡해…!

나는 우리 집에서
가장 가까운 동물병원과

지금 열려 있나요?

동물병원의 영업시간을
그때야 검색과 전화로 찾아냈고

이동장도 준비되어 있지 않아

감사합니다…!

택시에 전화해 부탁해서
구들을 상자에 넣어 태우고
병원으로 갔다.

이제 위험한 건 끝났겠지
라고 생각한 다음 날

으악…
이게 뭐야!!!

구들은 몸에 진드기를
잔뜩 붙여 왔고
나는 또 검색을 했다.

ⓐ

강아지 진드기 물리면 죽어요.
진드기 다 살인 진드기임

알지 못한다는 것은
큰 무서움으로 다가온다.

핑-

부딪혀가며 많은 것들을
점차 알아가게 되긴 했지만

이런 것들을
조심하면 좋고

이런 건 이렇게

외·내부 구충은
한 달에 한 번.

금전적인 문제에
시달리기도 했고

병원비가
감당이 안 되네…

나는 왜 가벼운 마음으로
강아지를 키우고 싶어 했던 걸까?

후회를 하기도 했다.

많은 문제들 속에서도
구들은 좋은 개로 잘 자랐고

그걸 내 노력 때문이라고는
말하지 못하겠다.

건강!

씩씩!

단지 운이 좋았다.

많은 사람들은 강아지를
키우면서 예전의 나처럼
생각지도 못한 문제에
직면하고는 한다.

시끄러워서 같은 건물
사람들이 싫어해

강아지가 계속 짖어

말을 안 들어
집 안을 어질러놔

털이 이렇게까지 날려?

이렇게 많은 시간을 강아지에게
쏟아야 하는지 몰랐어

덩치가 너무 커졌어

강아지 키우는 건 너무 힘들어.
내가 쉽게 생각했나 봐.

그리고 이 과정에서
많은 강아지들, 반려동물들은
파양을 당한다.

뽀짝이는 처음 보는
사람에게도 골골송을 불러주는
좋은 고양이지만

뽀짝이에게 콕이는
세 번째 집사다.

생각해보니 구들도
우리 집에 오기 전에
다른 집에 잠시 갔다가

파양당하고 나에게
입양 기회가 온 거였지.

준비 없는 입양은
쉬운 파양과
좋은 변명거리를 만든다.

"문제 있는 개"

그렇다면 우리는 입양을
어떻게 준비해야 할까?

여러분은 강아지를 입양하기 위해
어떤 것들을 준비하고 있나요?

사이좋은 줍줍이와 은이

우리는 어릴 때부터 꼬옥 안고 자던 사이

시간이 흘러도 그대로다냥

꼬옥

부끄러우니까 이제 그만 보시라냥

구들과 입양 (2)

입양을 준비하는 것은
단순히 강아지를 데려올
준비를 하는 것 이상으로

어떻게 이 강아지와 평생
함께할 수 있을까라는 물음에
대비하는 것도 포함한다.

실제로 반려동물이 목숨을 다하는
마지막까지 한 보호자와 함께하는 일은
굉장히 적다고 한다.

그만큼 파양의 이유는
다양하기 때문이겠지.

우리가 첫 번째로
살펴봐야 할 점은

가족과 동거인 모두가
반려동물 입양에
동의하였는가이다.

반려동물 입양은
가족 중 하나의 주도로
이루어지는 경우가 많고

휴… 데려올 거면
네가 다 책임져.

나는 싫으니까.

개 좀 못 짖게 해!
너 애 똥은 치웠어?

너 왜 이렇게
말을 안 들어?

그건 곧 가족들 간의
싸움의 불씨가 되고
파양의 이유가 된다.

세 번째로는 임대한 집이라면
받아야 하는 집주인의 동의다.

실제로 자취방에서 집주인의 동의
없이 반려동물을 기르다 문제가 생겨
파양하는 경우가 굉장히 많다.

작가가 잠시 자취했던
원룸 오피스텔에서는

정말 이상할 정도로
매일같이 새것처럼 깨끗한
강아지, 고양이 용품들이
잔뜩 버려져 있곤 했다.

만약 집주인이 반려동물을
기르는 것을 허가했더라도

월월월!

층간 소음이 심하거나 복도 소리가
많이 울리는 건물이라면 자연스럽게
강아지들은 경계하게 되고

월월!

그 짖음으로 인해

같은 건물 사람들과 마찰이 생겨
파양하게 되는 경우가 빈번하다.

또는 반려동물 혼자 놔두고
너무 오랜 시간 집을 비웠을 때

멍멍!

멍!

멍!!

짖음이 더 심해지거나
불안 행동을 보여 파양하기도 한다.

네 번째로는 강아지에게도
강아지의 삶을 누릴 수 있게
해줄 수 있는 여유다.

킁킁

강아지도 그럴 거라고 생각한다.

강아지를 기르는 집에서 생기는 많은 문제들이
충분한 산책으로 없어지기도 한다.

그만큼 산책은 강아지에게
가장 중요한 일이라고 할 수 있다.

누군가는 산책이 어렵고
준비가 많이 필요한 일이라고 하지만

그들은 나와 집 앞
편의점에 잠깐
가는 것도,

집에서 5분 거리의 정자에 앉아서
쉬고 오는 것도 모두 산책이라고 생각해준다.

산책이 굳이 거창한 일일 필요는 없다.

최근 꼬막맹이들의 입양을 위해

여러 단체들의 양식을 빌려
입양신청서를 작성했는데
많은 항목들이 들어 있었다.

이거 완벽하게 안 하면
강아지 못 키웁니다!

라기보다는

강아지를 키우면 꼭 생기는 일들인데
한 번쯤 미리 대비하고 준비하면
어떤 일이 생겨도 당황하지 않고
잘 대처할 수 있어요.

이런 뜻이다.

앞서 말했듯이 작가도
진드기가 붙었기 때문에
구들이 죽는 줄 알고 눈물을 흘렸던
부끄러운 과거가 있다.

미리 간략한 지식들을 검색해보고
병원을 알아놨다가 의사 선생님께
상담하는 정도로도
쉽게 해결되었을 일이다.

강아지를 키우면 생각지도 못했던
많은 일들이 일어날 거고

이런 문제가 생기면…
이렇게 해보기로 했지!

미리 작성해뒀던 입양신청서는
그 문제에 대한 가이드가 될 것이다.

기록은 이렇고
사료는 이런 걸 먹고-

외·내부 구충일은 매달
이날로 하고 있고

이런 문제는 혹시
고려해보셨나요?

그리고 나도
꼬막맹이들의 입양자분들께

그런 문제에 있어서
도움이 돼드리려고 하고 있다.

그래도 사람들이
입양신청서가 번거롭다고
느끼게 되는 건

아무래도 강아지를
입양하기보다는 사는 게
훨씬 간단하고 쉽기
때문일 것이다.

이게 더 쉬운데
굳이 이걸 왜?

가족을 들이는 일은 조금 더
심사숙고해도 된다.

꼬막맹이의 가족이 되어줄
사람들도 그랬으면 좋겠다.

꼬막맹이들.

강아지를 입양하기 전 같이 살고 있는 동거인과 가족들이
강아지 입양을 원하고 있는지 꼭 확인해주세요.

지니어스 막맹

막맹이는 사실
지니어스 막맹이었다.

지~니어스

유비가 조조 앞에서 일부러
바보 같은 척을 하던 것처럼

콰릉

나도 무섭개

천둥이
무섭습니다맹!

막맹이도 사실 바보 같은
척을 하고 있었다.

차 밑에 왜
뛰어들어 가냐!

언짢

구 밑으로는
왜 지나다니냐!

사실 아까와 같은 행동은
동정심을 받기 위했던 것일 뿐

애가 있어요.

처   량

바보 같던 막맹이는
육아 스트레스에서 벗어나자

똑똑!

지니어스 맹으로
거듭났다.

지니어스 막맹이는
빗질을 굉장히 좋아하지만
우리 집에는 순서가 있다.

굴러 온 돌은
다음이다.

구들이 먼저
그다음이 막맹이

막맹이는 이 순서를
인정할 수 없었나 보다.

시원해? 구들?

자동- 빗질!

야 이놈 쌔기
뭐 하냐?

막맹이는 이중 면으로 된
빗을 이용해 내가 구들에게
빗질을 해줄 때

옆으로 와서 몸을 바짝 댄 후
자동 빗질을 즐긴다.

막맹이는 약도
지니어스하게 먹는다.

지니어스하게 먹는다는 건
개같이도 열심히
안 먹는다는 뜻이다.

그냥 주기

캔에 섞어 주기

간식을
돌돌 말아 주기

당연히 아무것도
통하지 않는다.

종구가 막맹이를 꽉 잡아
입을 벌리게 하고
내가 목구멍 깊숙이
약을 집어넣는다.

이래도 안 삼키기 때문에
물을 살짝 흘려 보내주는데

자 이제 삼켜!

안 삼킨다.

안 삼키면 넥 슬라이스!

가 아니고 넥 쓰담쓰담.

이러면 대충 삼켜보긴 하지만
성공률은 70퍼센트 정도.

실패할 경우 약을 뱉어버리고
도망을 가는데

벌벌벌벌벌벌벌

벌벌벌벌벌벌벌

아침, 점심, 저녁으로 나한테
하루 세 번 그랜절을 올려도 모자랄 판에
약도 안 먹는다고 생떼를 부려?

약 안 먹고
죽을라고?

퉤에

요즈음은 막맹이의
심장사상충 치료 때문에
산책을 엄청나게 자제하는데

대소변만 볼 정도로
잠깐만 해주세요.

나가기만 하면 하루에
응가를 세 번씩 하던 막맹이가

왜 여기서 싸면
집에 가려고?

와 이놈 보소?

쉬야도 응가도
거부하기 시작했다.

딱콩

머리를 나쁜 쪽으로만
잘 굴리는 나쁜 막맹.

막맹구리.

강아지에게 알약을 먹일 때는 입을 벌리고 알약을 목구멍 끝까지 집어넣은 다음 입을 닫아주면 쉽게 먹일 수 있어요.

산책의 시그널

구들의 산책에 대한
집착은 엄청나다.

가~자!

산책

가~자!

도로롱…

도로로롱…

산

소근

책

산책!!!!!
산책 가개!!!!

와 이걸 듣네.

구들이 알아듣는 단어는
[산책]과 [가자]인데

대충 비슷한 단어면
"산책 가자"로 쳐준다.

여보 나 과자~!

가자!!!!

야 가자 아니야
이게 어디서 어물쩍
산책 가볼라꼬.

가자라고 했개!

에베~

가자가자가자.

목걸이를 들 때도 그렇다.

짤랑

뭐야 뭐야 목걸이 들었개
산책 가는 거개!

꼬막맹 목걸이

야 이거
들어가긴 하냐?

기지개를 폈다.

으어어~~

인간아 우리 나가서
허리도 펴자.

허리 수술
얼만지 알지?

기지개 펴면
산책 가야 한다.
이유는 모르겠다.

진짜 때림…

간다고! 했잖개!

퍽! 퍽

명멍이들은 한번 "간다"라고 마음을 굳히면 쉽게 포기하지 않는다.

아야! 야 왜 때려!

장난감도 가지고 산책 갈 거개~!

형아도 데리고 갈 거개~!

텐션 떨어지면 산책 안 갈지도 모르니까 절대 텐션을 떨어트리지 않는다.

아 진짜 오버하지 마;

작업하는데 빛이 세서 모자라도 쓰면

쩡~

뭐야뭐야 산책 가나 봐.

젠장~~~!!!

패딩은 절대 금지다.
입으면 무조건 나가야 한다.

그렇지만 신기하게도 콜이가 말하면
아무 반응도 하지 않는다.

스피커에서 나오는 소리도
신경 쓰지 않는다.

가끔은 산책을 나가려다가

으으… 조금만
쉬고 나갈래.

이럴 땐
굳히기에 들어간다.

꿀꺽꿀꺽꿀꺽꿀꺽꿀꺽

이 많은 물을
다 마셨어!

안 나가면
지려버릴지도

건강해짐…
당했다…

다
다 다
다

연쇄산책마.

집에서 하루 종일 보호자를 기다린 강아지들을 위해
공원에 같이 나가보는 건 어떨까요?

어떤 부분 (1)

멍냥이들에게는
어떤 부분이 존재한다.

궁둥이인 부분

씰룩

씰룩

냥냥펀치인 부분

오늘 소개할 부분은
귀여운 부분!

곧 7살의
귀여움

애앵이의
귀여움

일상에서 소소하게 느껴지는
멍냥이의 귀여움에 대해서 알아보자.

줍줍이는 자다 깨면

앍…

와 줍줍이 부었어?
고양이도 붓냐?!

통통…

부어서 동그래진 고양이는
너무 귀엽다.

반면에 욘두는 눌린다.

현　　실

엌ㅋㅋㅋㅋㅋㅋㅋㅋㅋㅋㅋ
우리 욘욘 반쪽 됐네!

자고 일어나면 팽창하는
고양이와 수축하는 고양이.

멍멍이들의 귀여운
부분은 퐁실한 귀다.

말랑~ 말랑말랑~

흥미로운 뭔가가 있을 때

쫑-긋!

줍줍이는 항상 이게 무슨 냄새야
하는 표정을 지으면서
구들의 발에 몸을 비빈다.

그리고 내가 가장 좋아하는
귀여운 부분은 머리 콩!이다.

구냥이들은 애교를 부리고 싶을
때마다 머리를 콩! 하고 박는데

멍멍이들은 머리 콩과 함께
주둥이 콩을 시전하기도 한다.

콩

콩콩!

그리고 홍구의
관심 스킬.

턱 올려놓기.

아 너무 귀엽다~~~~!

고양이가 집사에게 해주는 박치기는
굉장한 애정 표현이에요!

어떤 부분 (2)

저번 화에서는 멍냥이의
귀여운 부분을 다뤄봤지만

저번 화는 이번 화를 위한
초석이었을 뿐

아… 진짜
짜증 나네…

우다 다
다

오늘은 본격적으로 짜증 나는
부분에 대해서 알아보자.

첫 번째는 캣놈들의
공감 능력 부족이다.

이놈들은 인간이 적절하게
절망하는 순간을 즐긴다.

내가 작업을 하다
잠깐 자리를 뜨면

화장실~

캣놈들은 그때를 틈타

Delete…

Ctrl+s…

Alt+F4…

타닥   탁

파일 지우고
저장하고 껐어…!!!

철야 각

이뿐만이 아니다.

작업을 하는 도중

탁

…?

즙즙

어떠냐
괴롭지!

절로 가라…

반응이 별로면 다른 걸
또 던져준다.

어떠냐
이제 괴롭지!

아 진짜
도랏맨?

떨어진 물건을 줍고 나서도
새로운 괴롭힘은 시작된다.

공통적으로
짜증 나는 부분은

그리고… 그리고
뭐가 있지?

구들은 생각보다 별로
짜증 나는 점이 없는데?

그 순간 느꼈다.

곧 7살을 찍는
구들의 나이만큼이나

이래도 짜증 안 내냐
어때 짜증 나지?

나는 이미 달관의 경지에
올라버렸다는 것을

짐승 한 마리를 키우면 보살

4마리를 기른다면
그는 이미 부처니라.

여러분의 반려동물은 어떤 사고를 가장 많이 치나요?

못생긴 부분

멍냥이와 티브이

멍냥이들도 가끔은 티브이를 본다.

요즘에는 집에 혼자 있는 멍냥이들을 위한 멍냥이 채널도 방영되고 있지만

구냥이들의 취향은 따로 있다.

매미는 동물 다큐멘터리
채널을 많이 보는데

그중 유난히 좋아하는 건

깨깨깨깨깩 깨깨깩

쥐나 새가 나올 때다.

야, 안 보여.

사자나 악어가 나올 때도
관심을 가지긴 하지만

흐음… 흠…?

퍽 퍽

쥐나 새만큼의 격한 반응이
나오지는 않는다.

퍽!퍽!퍽!퍽!퍽!

야 티브이 다
뿌서진다야!

아무리 때려봐도 효과가
없다는 걸 깨달은 매미는

여깄냐맴?
이상하네맴.

티브이 뒤로 들어가
쥐와 새를 샅샅이 수색한다.

결국에는 티브이 위에 올라서서

여긴 있는데
여긴 없네맴.

오… 은근
똑똑한데?

구들은 가끔씩 문제견 프로그램을
함께 시청하곤 한다.

???

뗑뗑뗑뗑! 월월월월월월!!!
아르르르르륵

뭐야 쟤들 왜 저러개?
별일이 다 있개.

여보야 이거 같이 보면 괜히
구들 정서에 안 좋은 거 아니에요?

의외로 교육적이라고 한다.

문제견이 나오는 프로를 보면서
보호자들이 동요하지 않는
모습을 보이는 것도
교육이 된다고 하네요.

오~

어머 누나
쟤 좀 봐.

픽

힝구가 우리 집에 있었을 때는
티브이가 없는 방에서 지냈기 때문에

힝구의 티브이 사랑을
알 수 없었지만

내가 집을 비울 일이 있어서
힝구를 호텔에 맡기게 되었을 때

힝구야
여기서 잘 지내고
있어야 돼~!

띠링

……!

힝구야 언니 간다
인사 좀 해줘라.

히

야~

힝구는 강아지 티브이를 시청하자마자
티브이 중독멍이 돼버렸다.

호텔링 중 힝구의 상태를
보여주기 위해 찍어서
보내주는 영상에서도

마 니 티브이
중독이다!

좋은 집으로 입양 간 힝구의
영상이 가끔씩 오곤 하는데

헤에...

지금도 여전히
티브이를 좋아하나 보다.

+ 낮이면 꼬막맹이들이 마당에 나가 노느라
사료 그릇이 밖에 나와 있는데

길~쭉

(길어짐)

째짹 째재재잭

콕콕

콕콕

콕

참새들이 날아와서 사료를
모두 털어가곤 한다.

깨객 깨개개객

그리고 그걸 하루 종일 구경하고 있는 줍욘이.

고양이 티브이 생겼다!!!

티브이 보는 것을 좋아하는 강아지도, 좋아하지 않는 강아지도 있어요. 강아지마다 차이가 있답니다.

노곤하마

제주도에 내려온 후

따흐…!

삐ㅣ

꽥!

마감으로 휘어져버린
척추를 다잡기 위해
승마를 배우기로 한 작가.

그래서
오늘은 특별히 '노곤하마!'를
해보도록 하겠다.

멍멍이는!
멍멍이를 넣어라!

말은 가까이서 보면
생각보다 더 크다.

위에 타서 보면 더 무섭다.

다그닥 다그닥

으어어어어어;;;;

말 이름을 물어봤는데

이름이라도 불러주면 친근해지려나.

아~ ****예요.

불타는 세계, 불지옥 대충 이런 뜻이었다.

지옥에서 만나자!

불지옥 난이도 라는 건가.

초보자가 탈 수 있는 레벨이 아니야!

거짓말하지 마세요. 의사선생님들도 맨날 안 아픈 거라고 그래.

너무 무서워하진 말고 조금만 무서워하세요~

이름과 달리 가장 착하고 순한 말이라고 한다.

말은 초보자를 태우면 굉장히 피곤해져서

미안…

쉭

자주 멈춰버린다고 하는데

어휴 이것도 못 하마?

왜 이렇게 안 가지? 제가 또 잘못했나요?

아, 아니요.

정진!

쉬.

쏴아아아아아아

이상하다
왜 그러지?

멈춤!

음···

그런데 쉬를 하고 나서도
그날따라 말이 이유 없이
자주 멈추는 것이었다.

아, 방귀네요.

아

푸쉬ㅡ익

한 열 번쯤
뀐 것 같다.

구놈들이랑
똑같네…

말들은 적당히 하기 싫어지면
승마를 끝내는 자리로 가려고 하는데

너어… 나 태워주기
정말 싫구나.

하지만 이런 귀찮은 표정도

각설탕 하나만 주면
반짝거리는 표정으로 바뀐다.

하지만 다른 말에게
걸려서는 안 된다.

난 안 주냐?

각설탕을 줄 때까지
이런 표정으로 쳐다보기 때문이다.

니들 나한테
뭐 맡겨놨냐?

집사 사는 거 다~ 똑같다.

말도 단맛을 굉장히 좋아한다고 해요. 그래서 승마 전
친근감을 주기 위해 각설탕을 하나씩 주곤 한답니다.

막맹이의 모성애

막맹이는 모성애가
정말 강하다.

벌써 4개월이 넘어버린 꼬막맹이들이
젖을 달라고 칭얼대도 받아주고

야아~ 니가
그럴 나이냐;

쮭!

쮭!

닉값하는 쭈쭈

평범한 간식은 그냥 먹지만

냠냠냠~

펄럭

엄청나게 맛있는 간식을 받으면
꼬막맹이들에게 주겠다고 달려간다.

쌔앵

야 그냥
니가 먹어!

막맹이가 자꾸 그러는 게
안쓰러워서 꼬막맹이들에게
못 가게 문을 닫아버리니

그럼 어쩔 수
없개···

냠···

흠···

근데
맛있개.

이제 다 먹었으니까
들어가도 돼.

!

맹다다닥

토해준다.

개놈의
왕국

"어미가 새끼에게 먹이를
토해주는 모습입니다."

분명 엄청난 모성애가 보여주는
눈물겨운 장면이지만

인간에게는 이렇게 보인다.

막둘기야~
밥 먹자~!

우웨엑ー

99999!

999!

짝!

......

뒤늦게 뒤처리를
하러 가보면

이야~ 깨끗하네…
잘 먹었네…

쓸쓸

!

!!

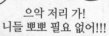

뽀뽀
뽀뽀뽀

으악 저리 가!
니들 뽀뽀 필요 없어!!!

한번은 사상충 치료 후
회복을 위한 약을 먹고 있던
막맹이가
우웨엑~
그러지 마!!!
으악!!!
아기들에게 닭가슴살을
토해준 적도 있었다.
급하게 병원으로 가서 확인했는데
그 정도 용량은 애들이
먹었어도 괜찮을 거예요.
낼름~
어휴 너는 이제
육아 그만둬야지
이제 그만해야 된다~
지금은 억지로라도
분리된 생활을 하고 있지만
폭풍 성장해서
크기도 비슷해짐
핥
핥
가끔 같이 있게 되는
시간에도 막맹이는
아기들을 열심히 챙겨준다.

치대는 막맹.

모성애가 유난히 강한 어미 개는
새끼에게 먹이를 토해주기도 한답니다.

2020년의
멍멍이

구들은 2020년을 맞아
7살이 됐다.

미운 7살!

구들의 지금 크기는
약 7개월 때 몸집
그대로인데

7개월   7살

행동은 정말
많은 게 변했다.

으르르르릉…
으르르르르릉!!!!

파지직

1단계 : 기 싸움

구들이 어렸을 때는
이런 단계의 싸움을 했는데

뭥엉뭥엄웡뭐엉워워!
뭥우머웡머멍머어엉어!

2단계 : 말싸움

우룽우룽루을우룽~

3단계 : 진짜로 싸운다

첬개?

니가 먼저
첬개.

크르룽!!
크르르르륵!

싸운 이유 : 대충 홍구가 한눈팔 때
재구가 홍구 밥 한 입 먹음

지금은 전과 같은 싸움의 이유가 있더라도
어른 멍멍이의 연륜을 발휘해버리는 것이다.

우릉...
(대충 섭섭하다는 뜻)

멍저씨들
빨리 화해해!

서먹...

그런 거
필요 없개.

나이에 따른 변화는 산책을 할 때
더 확연하게 느낄 수 있다.

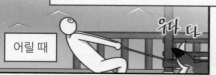

어릴 때

우다 다

지금

꼬릴

『노곤하개』 시즌 1에서만 하더라도

산책은 넘치는 에너지를
발산하기 위한 수단이었다면

시즌 3이 된 지금은
여유롭기 그지없다.

하지만 멍멍이의 90퍼센트가
쉬로 이루어져 있다는 사실은
지금도 변함이 없다.

공갈 쉬

안 나와도
일단 싼다!

요즈음 하루가 다르게
물건을 파괴하는
꼬막맹이들을 보면

옛날의 구들이 생각난다.

맞아... 구들도
신발 잘 찢었었지...

정원도
거덜 내고...

개색이들...

그랬던 구들이 지금은
고양이들이나 꼬막맹이가 뭔가
어지르려고 하면 제지를 해준다.

멍!
(어허!)

폴짝

야 너도 옛날에는
저런 거 다 찢었어~

어~린것들이
말이개!

고오얀 놈들!

훈장질만
늘었군.

그래도 인간 앞에선
아기가 따로 없다.

핑

강아지들도 사소한 이유로 많이 싸워요. 싸울 일을 없애려면
먹을 때와 쉴 때 각자의 자리를 분리해주는 게 정말 중요하답니다.

줍욘이
매미와 만나다 (1)

사실 고양이 마당 건설의
목적 중 하나에는

고양이들의
놀이 공간

자연을 느낄 수
있는 쉼터

광합성

매미도 있었다.

매옹?

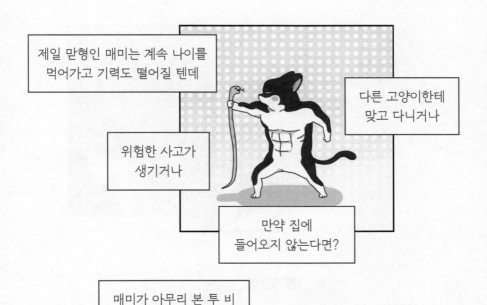

제일 맏형인 매미는 계속 나이를
먹어가고 기력도 떨어질 텐데

다른 고양이한테
맞고 다니거나

위험한 사고가
생기거나

만약 집에
들어오지 않는다면?

매미가 아무리 본 투 비
마당냥이더라도

착!

너 인마 근처에서만 놀아
알았지?

그걸 지켜보는 집사의
마음 한편은 항상
불안할 수밖에 없다.

아 진짜 조심히
좀 다니고!

뭐래.

어? 어디 가서
다른 고양이한테
시비 걸고 다니지 말고.

친구가 꼭 했네~

매일 소독 잘 해주시고 감염 안 되게 주의해주세요~

덕분에 병원에 간 매미는 보호관찰처분을 받게 되었다.

부모님의 집에 매미를 놔두자니 매미는 아무리 문을 잘 잠가놔도

집에 있는 모든 창문과 문을 하나씩 다 열어보고 잠그지 못하는 하나의 문을 찾아낸다거나

사랑은 열린 문~!

문 근처 어딘가에 숨어 있다가

문이 열리는 즉시 밖으로 뛰쳐나가버리기 때문에

으악! 홍매미!

뿅!

반려동물의 합사를 시도할 때는 꼭 분리 기간을 거쳐주세요!

줍욘이
매미와 만나다 (2)

줍욘이와 처음
마주한 매미는

파악~ 쒸

하아악

쟤 뭐야
무서워.

줍줍이가 무서워졌다.

줌줌이와 매미는 거의 두 배 정도의
덩치 차이가 나는데도

욘
무서워욘.

작은 줌줌이가
맵다!

줌줌이가 더 짱 세버린 것이다.

본가에서 구들을
철저하게 무시하던 매미는

맴아
아는 척이라도
좀 해줘라.

아는 놈이다!

우리 집에 오자

야야
오랜만이다야
잘 지냈냐.

뭐야 왜 갑자기
친한 척이개.

ㅋㅋㅋ

무시하던 동생들을 능숙하게
활용하기 시작했다.

줍줍이가 경계하는
눈빛을 보내면

꾸꾸꾸
와꿈

캬아악

!!

구들 사이에 있기.

매미는 줍욘이에게 단 한 번의
하악질도 하지 않았는데

이야
젠틀맨이네!

매미 인기 많은
이유가 있네.

홍줍줍 자꾸
매미 따라다녀
ㅋㅋㅋㅋㅋ

좀 생기긴
한 것 같다냐.

줍줍이는 은근슬쩍
매미가 맘에 들었나 보다.

삐용이와는 같이 지내고
만난 지가 1년이 넘었는데도

여전히 하악질을 하는 반면

매미에게는 거의 이틀 만에
하악질을 그만뒀다.

그렇지만 줍줍이의 연애는
성공하지 못했으니

죽창 줍

본가 문 앞으로 매미의 여자친구가
자꾸 찾아왔기 때문이다.

매미
언제 와요.

밖은 위험한 일도
많은데…

내심 매미가 실내에
적응을 잘해서 집냥이가
되길 바라고 있었던 나였지만

생이별

아 이건 진짜 아니다.

매오오오…

매옹오옹이…

매옹이…

맴아 상처 아물면 집에 가자.

매미는 그렇게
우리 집에서 며칠을 지내다

이게 마당이냐.

집으로 돌아갔다.

우리 미미 왔구나~

매미의 행복을 뺏지 않으면서
매미가 더 안전하게 살 수 있는 방법들을

어렵네.

더 많이 생각해
봐야겠다.

집으로 찾아온
매미의 여자친구.

줍줍이는 3킬로의 정말 작은 고양이예요!

재구는
왜 떨었을까 (1)

어느 날

ㄸㄸㄸㄸㄸㄸㄸ

이상하게도
재구가 떨고 있었다.

어? 어어어????
홍재구 왜 떨지?

낑…!

비가 오려고 그래서
떠는 건가?

그런 거 치고 홍구는
전혀 안 떠는데요?

난 멀쩡하개.

재구는 엄청난 에너지로
산책을 잘 다녀왔고

야 다리
아프다매!!!

집에 와서는 또다시
다리가 아픈 기색을 보였다.

… 여보야 재구 저러면 밖에 갈까 봐
엄살 부리는 거 맞는 거 같은데?

그렇다면
병원으로 간다…!

강아지들도 종종 아픈 척을 하며 꾀병을 부려요!

재구는
왜 떨었을까 (2)

지난 화 이야기

끼…!

뒷다리가 아프다는 듯이
끼끼거리던 재구.

우히힛.

홍홍구 집에서
울고 있겠지?

병원으로 가서
검사를 받기로 했다.

이거 이거
어디 나가니까
표정 핀 거 봐라
이거.

그렇게 도착한 병원!

재구가 뒷다리가 아픈 것 같아요.

그리고 뭔가 무섭다는 듯이 계속 떨고 불안해하네요.

음…

흐음…

주물

주물

딱히 힘줄이나 뼈에 문제가 있는 것처럼 느껴지진 않네요.

아파요잉.

그럼 역시 뭔가 무서워하고 있는 걸까요?

그냥 근육통 같아요.

놀랍게도 새로 알게 된 사실
– 강아지는 근육통이 있어도
떠는 경우가 있다고 한다.

산책을 너무 열심히 했나 본데?

아! 설마…

퍼징

전날 우리는 오랜만에
오름 등산을 하러 갔고

집에 갈래…

와 말도 안 된다~
여길 왜 왔지~

무려 5마리의
노루와 마주쳤다!

노루를 보고 흥분한 재구는
비탈길을 마구 오르려다
계속 미끄러졌고

멍저씨라 몸이 예전 같지 않기
때문에 무리가 왔나 보다.

끙…

으휴~ 하지 말란 건
꼭 해서.

재구는 4일 내리
엄살킹이 되었다.

낑… 깽!…

아프개.
마사지해주개.

……

시원하냐?

낑…!

살살하시개!

하지만 이 말 하나면
엄살이 뚝 멈춘다.

아픔도 잊게 만드는
산책의 마법!

아이고 맹숭이 따가웠어? 괜찮아?

야 너 진짜 서운하다야!

상처…

막맹이는 한동안 아웃사이더가 되었다.

강아지가 유난히 다리를 자주 절면 슬개골 탈구를 의심해봐야 합니다.

멍멍이들의
연애

홍구와 재구는
한배에서 나온 형제지만

우리 엄마 자식

다른 캐릭터성을
가지고 있다.

제일 빨리 달려가서
축구하고 있는 스포츠계

체육 시간에 운동장 한편에서
혼자 책 읽는 인텔리계

다른 캐릭터성만큼이나
연애하는 방법도 달랐으니…

구들은 맘에 드는
암컷 강아지를 처음 만나면

재구 : 일단 들이댐

안녕하시개
오늘 날씨가 참 좋개.

킁킁

내 궁둥이 냄새를
맡아보시개.

홍구는 조금 더 느리다.

아무리 그래도
처음 본 강아지를
막 좋아할 수는 없지!

좋긴 좋음

나랑 놀개!

그릉…!

우리 사이 아직
여기까지개.

초
초

……

그래서 어쩔 수 없이 수많은
암컷들은 재구를 더 좋아한다.

그렇게 재구 먼저
연애를 시작하면

흥구는 나중에서야

나도 너
좋아하개…

이미 늦음

그럼 홍구가 등장한다.

전부터 계속
좋아하고 있었개.

새로운 사랑

…!

이상하게 집중해서
관전하게 됨.

흥미
진진!

다음은 누구와
이어질까.

재구는 막맹이와도
신나게 놀고

놀이가 끝나면
심드렁해지지만

뭔가 이상하지만
모두가 행복해졌다.

둘 다
만나야지!

막맹이와 홍구.

홍구는 순정파.

구들은 스피츠를 가장 좋아해요!

멍냥이와 양치질

멍냥이들의 이빨을 관리하는
방법은 크게 두 가지가 있다.

첫 번째는 양치질

두 번째는
치석 제거용
개껌, 간식 먹기

두 가지 다
병행해주면 좋아요!

양치하자~

헤익

다행히 구들은 거부도 안 하고
입질도 할 줄 모르는
착한 멍멍이라

구달달달달달

구들의 거부 방법
= 꼬리 말고 숨기

아니야
무서운 거 아니야~
시원한 거야~

칫솔을 손가락에 끼우고
치약을 발라

잇몸을 벌려
살살 닦아주면

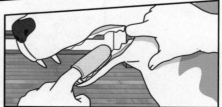

칫솔질 시간이 고통스러운 구들을 위해
맛있는 치약을 사보기로 했다.

닭고기 맛…
소고기 맛… 으음…

아무리 생각해도
치약과 고기의 조합이라니
끔찍한 혼종…!

상쾌한~
민트 닭고기~

초코 맛 한약,
막 그런 건가?

가장 적당해 보이는
요거트 맛 치약을 사서
입에 발라줬더니

…!

생각보다
맛있개!

놀랍게도 요거트 맛 치약은
고양이들에게 인기가 엄청났다!

줍줍이는 간식으로
생각하고 먹을 정도!

그렇지만 요거트 맛 치약을 짜서
칫솔질을 해줬기 때문일까.

아 나…
치약이네…

막… 이빨에
문대고 막…

야!! 아까까진
좋다매!!

이제 싫개.

싫다냥.

그냥 칫솔질이라는 행위
자체가 싫은 것 같다.

구들은 덴탈껌을
먹지 않기 때문에

야 이 정도는
먹어도 되지 않냐 진짜.

치석 제거 기능이 있는
장난감을 사용하거나

솜 인형 장난감이
더 좋은데!

* 재구만 아주 가끔 씀

좋아하는 뼈 간식을 줘서
뼈를 씹으며 치석이
벗겨지도록 하고 있다.

사주는 건 잘 먹는데
왜 말려주면 안 먹냐.

집사 손맛 감별견!

위이이이이잉

살려줘
여보!!!!

위이이이이잉

치통이 심하면 머리통
전체가 같이 아프다는
사실을 처음 깨닫게 됐다.

여보 괜찮아?
또 약 줄까?

으얼러을어러어.

그래서 정한 새해 목표.

2020년
새해 목표 ☆

1. 양치질 꼼꼼하게
   잘하기

2. 구냥이 양치질
   잘 시키기
   ......

구냥이들에게 맛있는 거 먹는 행복을
더 오래 느끼게 해주고 싶다.

강아지가 칫솔을 너무 싫어한다면 손가락으로
치약을 입에 묻혀주는 것부터 시작해보세요!

고양이와 가구

예전에 게임하면서 허리가 아픈 나를 위해

뭐야뭐야~

종구님이 선물을 하나 사줬었다.

짜잔!

리클라이너!

고양이들은 리클라이너를 보고는
아주 자지러져버렸고

와 뭐냥.

나 죽네냥.

골골골골골골골

이랬던 패브릭
리클라이너가

이렇게 변해버렸던 것이다.

발모제가
여기 있다!!!

175

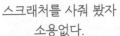
스크래처를 사줘 봤자
소용없다.

고양이 놈들은
긁지 말라는 곳만 긁는다.

같은 예로 캣타워나 집을 주문하면
거기에는 관심이 없고

장난감 포장을 벗겨주면
장난감은 안중에도 없고

택배 상자에만
들어가 있다든가

포장지만 가지고
논다든가…

여러모로 고양이에게는
어떠한 기대도 하지 않는 것이
정신 건강에 이롭습니다.

너들 알아서
해라~

고양이들은 자신들이 리폼한
리클라이너가 정말로
마음에 들었나 보다.

풍성하고
좋네냥.

고로로로록
고로로로로록

따뜻하다온!

줍줍이는 정말 마음에 드는 자리에
앉으면 절대 비켜주지 않는데

아 쫌만
비켜주라.

짜ㅡ증

꼬꼬··· 꾺꾺꾺꾺
꾺꾺··· 왁꾺···!
(정말 싫다는 소리)

이건 어때요?

앙

이건 너무 푹신해 보여서
윤줍이가 좋아할 것 같으니
거릅시다.

고양이가 없는 집은
마음에 드는 예쁜 가구를 사지만

고양이가 있는 집은
고양이가 훼손하기
어려운 가구를 산다.

내 취향은
어디로…

칙칙

무난

그렇게 겨우 우리 집으로
도착한 새 리클라이너!

요즈음 건강을 위해
필라테스를 다니던 작가.

어때.

와!
내복 같다!

필라테스복을
입어보니

맙소사
털이 잘 붙지 않아,
신세계다!

편하구먼.

뿜 뿜 뿜 뿜

털은 집사의 옷 취향마저
바꾸어버렸다.

고양이들이 무언가에 발톱을 긁어대는 것은 자연스러운
행동이에요. 혼내지 말고 스크래처를 비치해주세요.

멍냥이의 반가움

구들과 산책하던 중
카페에 들러서
커피를 사기로 했다.

여보 나 커피
한 잔만 사 올게~!

웅.

그렇게 테이크아웃을
해서 나오면

감사합니다~!

안녕히
가세요~

아아아아아아아ㅏㅏㅏㅏ

추욱

구들은 반가움이 과하다.

여보 나 커피
한 잔만 사 올게~!

응.

그래도 정말 다행이라고
느끼는 건 구들은 점프해서
달려들지 않는다는 점!

예의를 아는
멍멍이개.

며칠 전 길을 걷다가
리트리버를 만났는데

와~ 귀엽다.

리트리버가 내 쪽으로
달려오는 것이다.

점프!

턱

빠지직

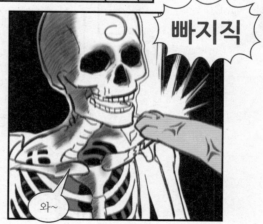

와~

185

위압감을
느꼈다.

이러지 마세요.

귀엽다며.

헉;;;
죄송합니다!!

구들은 예의 바른
멍멍이라 다행이야.

우리가 점프하면
누나 죽은 목숨이개.

궁둥이로 끝나는 것을
다행으로 아시개.

막맹이는 구들과 달리
점프를 하거나 발을 쓰는 행동을
조금 더 잘 하는 편인데

나 왔다~!

집에 들어오면 자꾸
중문을 긁는다.

막맹이가 문을 긁는 걸 본 재구는
자기도 반가움을 표현하고 싶었나 보다.

신발 넣다
놀람

덜덜

자기도 놀람

덜
덜

덜
덜
?

......

눈치!

미안…

홍재구
괜찮아~

빠른 셀프 반성

우히히 홍재구
잘못했대요!

다다
다다

얼른 나만 예뻐해주시개.
홍재구 정말 못됐개.

기회를 아는 홍구였다.

눈치 보는 재구.

강아지들도 눈치를 본답니다. 보호자의 반응을 살피며
눈치를 보기도 하고 잘못을 저지른 것 같을 때 눈치를 보기도 해요!

꼬막맹이 입양 (1)

따 단!

꼬막맹이와 막맹이의
입양 진행이 시작된 후

타노스와 베놈이
좋은 보호자를 만나서

잘 놀아주는 누나가
셋이나 생김

행복한 생활을
시작하게 됐다.

길어짐

나머지 친구들도 입양을
진행하기 위해 여러 가지
홍보 수단을 동원해봤지만

중형 믹스견인
막맹이와 꼬막맹이들을

입양하려 하는 사람들은
많지 않았다.

튼튼!

튼튼한 게 최고여~

사람들은 작고 어린 강아지들만 찾는데

꼬막맹이들은 입양 소식도 없이 커져만 가고

꼬막맹이들을 돌보기 위해

구들과 고양이들에게 희생을 강요할 수는 없는 노릇이었기 때문에

고민하던 찰나

여보야 이것 좀 볼래요?

해외 입양 후기들을 몇 개 보게 됐다.

우리나라에서는
입양률이 저조한
중·대형 믹스견들이

캐나다로 입양 가서
잘 지내고 있는 모습이 담긴
후기들이었는데

캐나다는 펫숍이 적어
까다로운 절차를 통해

보호소와 전문 브리더를 통해
입양을 받는 일이 많고

동물의 과잉 공급이 없으니
버려지는 강아지도,
안락사도 적다고 한다.

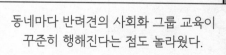

동네마다 반려견의 사회화 그룹 교육이
꾸준히 행해진다는 점도 놀라웠다.

애써 열심히 씻겼더니

으앗아;;;

꿀렁~

꿀렁~

차멀미 때문에 켄넬 안에서
토범벅이 돼버렸다.

공항에 도착하자마자
준비해 온 티슈로

이 번거로운
녀석들.

꼬막맹이들을
일일이 닦아내고

꼬막맹이를 비행기에 태운 뒤
청주 공항에 도착해 보니

으악;;;

그렇게 콜밴을 타고

강아지들인가?

네.

더 조심히
운전해야겠네요~

위탁소에 도착했다.

막맹이와 꼬막맹이들은
새로운 가족을 만날 준비를 하고 있답니다!

꼬막맹이 입양 (2)

위탁소에 도착하고
처음 느낀 감정은

다행이다.

환경이 너무 괜찮아서
한시름 덜었네요.

위탁소에서는 매일 시간을 정해
드넓은 풀밭과 테라스를 자유롭게
뛰어놀게 해준다고 했다.

캐나다로 입양 갔을 때
생길 만한 문제들에 대처하기 위해

큰 개와도 잘
어울릴 수 있을까?

간식을 줬다
뺏는다면?

여러 교육과 테스트를
진행하기도 하고

캐나다 입국에 필요한
예방접종도 진행한다.

* 물론 비용은 다
내가 부담해야 한다.

조금만 견디고 적응하면

평생 사랑해줄 가족을 만날 수 있다는
생각 아래 여기까지 오긴 했지만

어찌 슬프지
않을 수가 있을까?

내일 또 와요.

큼.

우리는 걱정되는 마음에
근처 숙소에서 하루 묵고
다음 날 또 와서 인사하기로 했다.

다음 날 와 보니

생각보다 적응을
잘하고 있어서
마음이 놓였다.

나는 막맹이와
꼬막맹이들을 맡게 된 게

정말 희박한 나쁜 확률에
걸려버린 상황과 괜한 내 오지랖
때문이라고 생각했었는데

동네 이모

어휴 나도 웬 개가

우리 집 마당에서
떠나질 않아서 키우고 있어~

근처 카페

개를 정말 많이 기르시네요?

다 그냥 들어와서 눌러앉는 바람에

어쩔 수 없이 키우는 거예요~

리사무소에는 목줄째 묶여 버려진 강아지와 고양이 들이 있기도 했다.

어쩌다 잠시 들르게 된 강아지 훈련소에는

멍멍멍!

멍멍!

주위에 혹시 강아지 입양할 사람 있어요?

아침 운동 하러 택시에
몸을 싣고 나가면

빵! 빵!

도로에는 항상 보호자가 있는지도
모를 강아지들이 지나다니고

운동 끝나고 들른 식당에는
걱정 섞인 푸념을 하는
사장님이 있었다.

어휴 주인도 없는 것 같아서
올 때마다 굶지 말라고
밥은 주고 있는데

키워야 하나
걱정이에요…

왜 이런 일이 이렇게 흔하게
반복되어야 하는 걸까?

그날 막맹이와 꼬막맹이들을
위탁소에 두고

언니
또 온다~

꾹 참아뒀던 눈물은

집에 도착한 뒤

엄마와 너무 똑같이 행동하는
말랑이를 보고 터져 나왔다.

유기동물보호소에도
새 가족을 기다리고 있는 친구들이 많아요!

마지막 화

막맹이와 꼬막맹이들이
위탁소로 떠난 후

조용한 원래의 생활에
다시 적응하기 시작했다.

노곤노곤...

윤두야 그렇게 자면
팔 부러진 것 같잖아.

조금 더 여유로워진 시간 덕에

구들과 밥 먹으러 가서 근처
새로운 곳을 산책하기도 하고

그동안 모자랐을지도 모를
쓰담쓰담 시간도 늘려가는 중이다.

만지개.

이제 제발
다리 좀 내려줘…

또 친구가 그리울지도
모를 구들을 위해

퍽   퍽

다른 친구들을 열심히
만나러 다니고 있다.

좋음이라는 감정을 친구를
때리는 것으로 표현하는 타입

놀개!

그래도
좋개.

암컷 한정
인내심 무한

그리고 말랑이는…
생각보다 빨리 좋아지고 있다!

말랑구
오버X드 닮았다.

이제는 다시 엄마가 만져주는
손길을 받아들이려고도 하고

아니
얼마나 많이 봤는데
뭐가 무섭니~

처음 보는 사람에게도

무서워하지만
조금씩 다가와준다.

ㅋㅇ
ㅋㅇ

일단은 말랑이가 안정을 찾을 때까지
열심히 교육하고 놀아줘 보기로 했다.

놀아?

말랑구~
놀아볼까.

나랑
놀아주라고~!

우다다다

우다다

이제 정말로 제주도로
이사 오기 전에 세웠던 계획들을

하나하나 실행해볼
예정이다.

구들과 캠핑카 여행하기.

바닷가 모래사장 위에
조그만 텐트 하나 놓고

다같이 누워서
여유 즐기기.

차 타고 여기저기 놀러 다니기.

종구 면허 따는 중

『노곤하개』 시즌 3 초반에

하 하 하 하

즐겁고 평화로운 제주도 라이프인 것처럼 예고했던 것 같은데

~~즐겁고~~ 힘들고 ~~평화로운~~ 괴로운 육아 라이프!

하하하

(대충 랜선집사가 등 따습고
배부르다는 표정)

뭐 그래도 역시 구냥이들이 있어서
행복하다는 건 변치 않는 사실이다.

야 적당히
훈훈한 척해

(진심)

구냥이들에게 좋은 기억을
많이 만들어주고 싶다.

노곤하개

구냥이들이 친 사고들

줍줍이가 냉장고 뒤에
휴지를 숨겨놨어요

이놈 줍줍이

꼬막맹이들이 간다~!!

벌 받는 꼬막맹이들

시즌 3 후기

Q. 시즌 4 할 건가요?

Q. 냥이랑 구들이랑 누구
발바닥 냄새가 더 꼬숩나요?

Q. 구들은 자기가 잘생겼다는 걸 스스로 알고 있나요?

Q. 번외편으로 멍냥이 인간화해주세요.

뜰새 작가님

그리고 선물 받은
축전 자랑 타임.

종구 님 : Frank Weston Benson의 「Summer 1909」 패러디

누군가는 궁금해할지도 모를
요즈음의 근황을 알려드리자면

얘들은 잘 먹고
잘 싸고 있습니다.

저는 요즘 수의사님과 함께

반려견 건강 상식 &
위급상황 대처법에 대한
책을 만들고 있어요.

책을 만들면서 새로운 지식들을
배우게 되니 작업이 즐겁습니다.

이런 것도 먹으면
안 되는군.

잘 걸리는
질병…

아 이럴 땐
이렇게…

머지않은 시일 내에
만날 수 있게 되겠네요!

구냥이들을 보고 싶은데
만화가 끝나서 아쉬운 분들은

너튜브나 SNS를 계속
운영하고 있으니까요
놀러 오셔도 좋습니다.

구냥이들을 보고 있으면
너무 특별하고 사랑스러워서
항상 자랑하고 싶었었는데

만화로 이렇게 많은 분들에게
자랑을 할 수 있었다니
분에 넘치는 기회였네요!

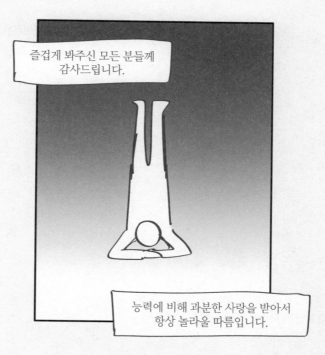

노곤하개 8

글·그림 | 홍끼

초판 1쇄 인쇄일 2020년 4월 6일
초판 1쇄 발행일 2020년 4월 17일

발행인 | 한상준
편집 | 김민정·강탁준·손지원·송승민
자문 | 한준근(분당 펫토피아동물병원 원장)
디자인 | 김경희
마케팅 | 강점원
관리 | 김혜진
종이 | 화인페이퍼
제작 | 제이오

발행처 | 비아북(ViaBook Publisher)
출판등록 | 제313-2007-218호(2007년 11월 2일)
주소 | 서울시 마포구 월드컵북로 6길 97(연남동 567-40 2층)
전화 | 02-334-6123 전자우편 | crm@viabook.kr
홈페이지 | viabook.kr

ⓒ 홍끼, 2020
ISBN 979-11-89426-87-3 04810